漢娜和甜心

文·圖／凱特·貝魯比

翻譯／鄭如瑤

每天放學，漢娜的爸爸都會到公車站接她。

這個時候，甜心也會在公車站等薇拉。

每天放學，薇拉的媽媽都會問漢娜想不想摸摸甜心呢？

這^{ㄓㄜ}個^{ㄍㄜ}時^ㄕ候^{ㄏㄡ}， 漢^{ㄏㄢ}娜^{ㄋㄚ}都^{ㄉㄡ}會^{ㄏㄨㄟ}回^{ㄏㄨㄟ}答^{ㄉㄚ}：「不^{ㄅㄨ}了^{ㄌㄜ}， 謝^{ㄒㄧㄝ}謝^{ㄒㄧㄝ}！」

每天放學，漢娜的爸爸都會到公車站接她。

這個時候，甜心也會在公車站等薇拉。

每天放學，薇拉的媽媽都會問漢娜想不想摸摸甜心呢？

然而每一天，漢娜都會說：「不了，謝謝！」

但是有一天，事情不一樣了。
「甜心不見了！」薇拉擔心的說。

「甜心已經不見了一整天，誰也找不到牠。」
大家答應幫忙找甜心。

不ㄅㄨ管ㄍㄨㄢ是ㄕ高ㄍㄠ的ㄉㄜ地ㄉㄧ方ㄈㄤ、 低ㄉㄧ的ㄉㄜ地ㄉㄧ方ㄈㄤ,

無ㄨ論ㄌㄨㄣ這ㄓㄜ裡ㄌㄧ或ㄏㄨㄛ那ㄋㄚ裡ㄌㄧ,

很ㄏㄣ快ㄎㄨㄞ的ㄉㄜ, 回ㄏㄨㄟ家ㄐㄧㄚ吃ㄔ晚ㄨㄢ飯ㄈㄢ的ㄉㄜ時ㄕ間ㄐㄧㄢ到ㄉㄠ了ㄌㄜ,

大ㄉㄚˋ家ㄐㄧㄚ都ㄉㄡ去ㄑㄩˋ找ㄓㄠˇ了ㄌㄜ。

到ㄉㄠˋ處ㄔㄨˋ都ㄉㄡ找ㄓㄠˇ遍ㄅㄧㄢˋ了ㄌㄜ。

仍ㄖㄥˊ然ㄖㄢˊ沒ㄇㄟˊ有ㄧㄡˇ甜ㄊㄧㄢˊ心ㄒㄧㄣ的ㄉㄜ蹤ㄗㄨㄥ影ㄧㄥˇ。

晚飯之後，漢娜看到星星出來了。
她聽見遠處駛過火車的聲音，想著
在黑暗中走失是什麼感覺呢？

如果她走失了， 她一定會很害怕，
也會很悲傷， 可能還會肚子餓。

漢娜聽到了奇怪的聲音， 是小小聲的哀鳴。

那是從房子的另一邊傳來， 她再次仔細聽。

她想找出是什麼發出聲音，但是實在太暗了。

漢娜爬進兩棵矮樹叢之間，接著她看到……

漢娜嚇了一大跳。
她開始往後退，
卻又停了下來。

漢娜閉上眼睛，深深的吸了一口氣。

然後ㄖㄢˊㄏㄡˋ，　她ㄊㄚ慢ㄇㄢˋ慢ㄇㄢˋ伸ㄕㄣ出ㄔㄨ發ㄈㄚ抖ㄉㄡˇ的ㄉㄜ手ㄕㄡˇ。

甜ㄊㄧㄢˊ心ㄒㄧㄣ聞ㄨㄣˊ了ㄌㄜ聞ㄨㄣˊ漢ㄏㄢˋ娜ㄋㄚˋ的ㄉㄜ手ㄕㄡˇ，　用ㄩㄥˋ臉ㄌㄧㄢˇ在ㄗㄞˋ她ㄊㄚ的ㄉㄜ手ㄕㄡˇ上ㄕㄤˋ磨ㄇㄛˊ蹭ㄘㄥˋ。

漢娜的爸爸為她感到驕傲。

找回甜心，薇拉和爸爸媽媽好高興。

之後，每天放學，漢娜的爸爸
還是會到公車站接她。

這個時候，甜心也會
在公車站等薇拉。

還ㄏㄞˊ有ㄧㄡˇ，甜ㄊㄧㄢˊ心ㄒㄧㄣ也ㄧㄝˇ在ㄗㄞˋ等ㄉㄥˇ漢ㄏㄢˋ娜ㄋㄚˋ。

文·圖｜凱特·貝魯比（Kate Berube）

她出生在一個充滿牛隻的美國小鎮，從小就嚮往成為一位畫家。她在芝加哥藝術學院拿到藝術創作的學位後，再到巴黎學習，曾從事過保母、稅務員、街頭畫家和書店銷售員的工作。現在她和先生，以及女兒住在美國西北部俄勒岡州的城市波特蘭。

美國《出版者周刊》稱凱特在2016年春天「展翅飛翔」，至今她已經出版了五本圖畫書。她的作品獲得了《出版者周刊》和《學校圖書館學報》的星號書評，並被多個單位如芝加哥圖書館、學校圖書館等列入「最佳書籍」的書單。

《漢娜和甜心》是她的第一本作品，受到美國聯合童書中心所頒發「夏洛特·佐羅托獎」（Charlotte Zolotow Award）的高度肯定，並榮獲英國「克勞斯·佛魯格圖畫書獎」（Klaus flugge Prize），以及美國「瑪利安·韋納特·李吉威獎」（Marion Vannett Ridgway Award）和「俄勒岡兒童文學獎」（Oregon Book Award for Children's Literature）。她的最新作品《梅伊第一天上學》（小熊出版），亦榮獲「俄勒岡兒童文學獎」。

翻譯｜鄭如瑤

畢業於英國新堡大學（University of Newcastle upon Tyne）博物館研究所。現任小熊出版總編輯，編輯過許多童書；翻譯作品有《好奇孩子的生活大發現》、《一輛名叫大漢的推土機》、《卡車小藍出發嘍！》、《妞妞會認路》、《到處都是車》、《我好壞好壞》、《森林裡的禮貌運動》、《梅伊第一天上學》、《按按鈕，好好玩！》等圖畫書。

精選圖畫書　漢娜和甜心　文·圖／凱特·貝魯比　翻譯／鄭如瑤

總編輯：鄭如瑤｜主編：詹嬿馨｜美術編輯：黃淑雅｜行銷主任：塗幸儀
社長：郭重興｜發行人兼出版總監：曾大福
業務平臺總經理：李雪麗｜業務平臺副總經理：李復民｜實體通路協理：林詩富
網路暨海外通路協理：張鑫峰｜特販通路協理：陳綺瑩｜印務經理：黃禮賢
出版與發行：小熊出版·遠足文化事業股份有限公司
地址：231 新北市新店區民權路 108-2 號 9 樓
電話：02-22181417｜傳真：02-86671851｜客服專線：0800-221029
劃撥帳號：19504465｜戶名：遠足文化事業股份有限公司

E-mail：littlebear@bookrep.com.tw｜Facebook：小熊出版
讀書共和國出版集團客服信箱：service@bookrep.com.tw
讀書共和國出版集團網路書店：http://www.bookrep.com.tw
團購訂購請洽業務部：02-22181417 分機 1132、1520
法律顧問：華洋法律事務所／蘇文生律師
印製：凱林彩印股份有限公司
初版一刷：2019 年 10 月｜初版二刷：2020 年 07 月
定價：300 元｜ISBN：978-986-5503-000

小熊出版官方網頁　　小熊出版讀者回函